KB149337

범종처럼

황금알 시인선 207

범종처럼

초판발행일 | 2020년 2월 22일

지은이 | 김석인
펴낸곳 | 도서출판 황금알
펴낸이 | 金永馥
선정위원 | 김영승 · 마종기 · 유안진 · 이수익
주간 | 김영탁
편집실장 | 조경숙
표지디자인 | 칼라박스
주소 | 03088 서울시 종로구 이화장2길 29-3, 104호(동숭동)
전화 | 02)2275-9171
팩스 | 02)2275-9172
이메일 | tibet21@hanmail.net
홈페이지 | http://goldegg21.com
출판등록 | 2003년 03월 26일(제300-2003-230호)

범종처럼

김석인 시조집

황금알

누군들 흔들리며 살지 않을까만
가족으로 삶으로 바람으로 나는 늘
흔들리며 살아왔다

33년 교직 생활에 마침표를 찍으며
틈틈이 발표했던 졸작을 한데 묶는다
자식처럼 아리다
늦둥이 막내딸처럼 사랑스럽다

속내를 꺼내 보이는 일이
겨울바람에 속살 헹구듯 시리고 부끄러워도
시조라는 바람 앞에 나는 또 흔들리고 싶다

이 부끄럼을 떨쳐 버리기 위해
다음 시집을 준비해야겠다

2020년 雨水 무렵
김석인

차 례

2부 초록을 달이다 보면

3부 타면 탈수록

1부

날빛이 하도 고와

겨울나기

고독이 눈을 떠야 내가 나를 볼 수 있지
빈 하늘 등에 지고 바람 앞에 서게 되지
그제사 내가 보인다
더덕더덕 붙은 군살

주릴 만큼 주려봐야 창자가 맑아지고
여윌 만큼 여위어야 칼바람도 비켜 가지
석 삼동 허기로 채웠다
마음속에 각을 세워

봄으로 가는 길은 속살 꺼내 보이는 일
겹겹이 쌓인 각질 한 땀 한 땀 걷어 내면
홍매화 등불 내건다
씨알 같은 꿈을 담고

민들레 금당金堂

햇살만 바라봐도 모가지가 뜨거워진다

잔설 지워버리고 깨금발로 일어선 봄

응달진 지상의 하루

나비로 날아간다

금당이 떠난 자리 지켜온 숨결 같은

그 모습 떠올려서 다시 금당 문을 여는

이 세상 허기를 지워

울컥, 피어난 꽃

누이야

　마흔 줄 내 누이는 눈물 실린 어머니 像 선잠 깬 어
느 봄날 등불 켜든 목련처럼 사남매 막내로 태어나 꽃이
되고 싶었을까

　꼭 한번 가고 싶은 캠퍼스에 꽃이 필 때 열여섯 내 누
이는 방직기에 실을 걸고 밤하늘 알알이 맺힌 별무리를
쫓았었지

　손톱에 물들이던 봉선화 어린 시절 내 해 아닌 남의 것
은 넘보지 않았으니 서럽지 않았겠나, 왜 혼자 도는 세
상이

　반만 뜬 눈동자에 어려 오는 고향마을 열릴 듯 닫힌 입
술 미소도 흘렀으리 누이야 네 모습 보러 자주 오나, 엄
마는

직지사 벚꽃

내가 가야
흔들리지
직지사 벚꽃나무

열일곱
모로 접은
가시내 가슴 꼭지

우짜꼬
훔쳐본 속내
내사 먼저 절정이네

배흘림기둥에 기대어

무엇이 만져질까, 내 삶을 미분하면
응어리 너무 많아 움찔하는 양미간에
퇴화된 꿈의 고갱이
풍경으로 울고 있다

산벚꽃 바라보다 산벚꽃이 되는 봄날
노루잠 눈을 뜨고 열반경을 좔좔 왼다
날마다 드나들었는지
문지방 닳아 있다

옹두리 다듬으면 무슨 빛깔 무늬 될까
흩어진 햇살들이 실눈을 뜨는 시간
천년 더 공명할 몸짓
잠언으로 스며든다

별

질끈 감은 눈으로
두 귀를 활짝 열고

떫은 세상 휘감아 감꽃이 피어났다

무거운 겉옷을 벗어
물고 오른
저
사리

백목련

얼마큼 무너지면 다시 살이 차오를까

마디마디 각을 꺾어 절하는 꽃잎처럼

그 먼 길 닦아 내리고

빈 몸으로 선 어머니

4월

진달래 웃음보다 더 환한 너였지
밤바다 안갯속으로 떠나는 손 흔들며
마지막 전송한 문자
"엄마, 사랑해"

선생님 미소가 좋아 따라나선 가방 속에
동그마니 앉아서 쓰다만 엽서 한 장
네 손길 기다리다가
연꽃은 떠오르고

물때를 기다리며 졸여오는 가슴으로
실낱같은 불씨를 바람 앞에 내거는
4월은 통곡의 바다
닦아내는 섬이다

벚꽃, 포토라인에 서다

수천수만 나비가 내려앉은 여의도에
플래시 터뜨린다, 조리개를 활짝 열고
무슨 일 있었다는 듯
무슨 일이냐는 듯

하루해 부려 놓고 귀가하는 바람 바람
나래 짓 한 번에 허리띠 다 풀렸네
죄목은 특수 절도죄
들뜬 마음 훔친 죄

때가 되면 알겠지, 하늘을 흔든 까닭
꽃잎의 지문들 하나둘 드러나고
나비가 앉았던 자리
푸른빛이 고인다

교사 유선철

툭 던진 한마디가 음이온이 된 것일까
심드렁한 아이들 심장으로 날아가서
찌르르, 전기가 튄다
까막눈 뜨게 한다

날것 꼭 껴안고서 묵상하는 장독처럼
상처를 어루만진 따스했던 그의 말
곰삭아 누긋해진 기억
뼈마디가 환하다

다래끼

잊힐 줄 알았는데
눈에서 밀어내면

아무리 미분해도
지울 수 없는 당신

눈부처 오시는 길목
깨금발로 돋았나

모란

만 권 책 갈피갈피 넘기는 봄의 뜨락

잊힐 줄 알았는데 내 안의 나를 불러

바람에 지워지지 않는 화엄경을 쓰고 있다

중2
— 스승의 날에

틀 없는 틀에 갇혀 튀고 싶은 낱알들

끓어 넘치기 전에 넘쳐버린 낱알들

한 번 더 견디어 보자

미안하다, 미안하다

미늘의 아침
— 거제 포로수용소

슬픔도 오래되면 풀어질 줄 알았는데
해거리하지 않고 찾아오는 바람의 뼈
바다를 헤집어 놓는다,
미늘이 번뜩인다

거제의 마파람은 찌 없는 낚싯대인지
쓰러진 계곡에서 건져 올린 녹슨 군번
누굴까, 등 뒤에 날아와
안단테로 우는 새

허공 겨눈 가늠쇠에 얼굴이 겹쳐지고
마른 침 되삼키며 밀어 올린 동백꽃
버겁다, 오래된 이 침묵
명치끝이 더 붉다

상사화

눈으로만 스칠 사람 가슴에 담았는가

그리지나 말 것을 맺지 못할 연분홍

봄날은 왜 다시 찾아와 흔들고만 가는가

나팔꽃 궁사

긴 호흡 말아 쥐고 극점을 겨냥하는

남자의 퇴근길은 보랏빛에 물이 든다

생각이 생각을 감아

마음 끝을 펼치며

내 삶의 방정식은 외눈박이 바보 사랑

팽팽하게 당겨보는 바람 저 경계선도

날마다 사라지는 여백

둥글게 떠올리는

2부

초록을 달이다 보면

늑골을 기억하다
— 고향에서

풋고추 약 오르던 얼얼한 그해 여름
오래된 방죽들은 가슴부터 뜯겨졌다
낙동강 귀이빨대칭이*
흔적 없이 떠나고

물안개 눈빛으로 저 뭇별을 헤아리던
남겨진 사람들은 밤새도록 눈이 멀어
물가를 서성거리며
풀꽃 만장 펼친다

겁먹은 물소리가 내 안에 스며든 밤
사라진 그리움들 하나씩 떠올려본다
열이레 그 질퍽한 달
늑골에 음각한 채

* 낙동강에 서식하는 멸종위기 1급 조개.

별똥별
— 안녕, 페르세우스

내 마음 그 어디에 네가 숨어 있었길래

살짝, 스쳐간 자리 밤마다 터지는 걸까

행간에 숨어 있는 꽃

찾아가는 몸짓처럼

붉은 고요 혹은 수다

처갓집 장독대를 지키고 선 목백일홍
꽃그늘 드리워서 하늘빛을 닦고 있다
욕심을 내려놓은 길
맨몸으로 열어가며

허방 짚은 모든 길 종착지는 가정家庭이다
제가끔의 보법으로 돌아온 그곳에서
나무는 또 껍질을 벗어
먹빛 밤 밝히고 있다

나이테 감길수록 더 단단해진 울타리
살가운 속내들이 어깨춤을 추고 있다
내 말문 탁 틔워놓고
웃음보도 풀어놓고

옥잠화

또 한 뼘 그리움이 허공을 지른 순간

와르르 쏟아지는 파스텔톤 분이 생각

스치는 바람일진대

저릿하다

이 저녁

주먹밥

몇 밤을
공글려서
저 허기 기웠을까

겹시름 시접 넣고
날숨으로 박은 솔기

땀땀이
붙잡고 있다,
흔들리는 하루의 끝

한글, 비상하다

닿소리 홀소리가 고누놀이하고 있다 한 세상 펼쳐놓고
마음의 문 활짝 열고 음역을 짚어 나간다, 서로의 보폭
만큼

울음을 감고 있는 바람 소리 잠재우며 스물여덟 진법
으로 낚아 올린 너의 음성

점과 선 그 속에 잠든 소리새 눈을 뜬다

막힌 벽 뛰어넘어 정음으로 일어선 밤, 초광속 날개를
달고 뭍과 섬 더듬는다 남북극 방점을 찍고 에베레스트
정상까지

빛을 삼킨 새들은 둥지가 따로 없어 LTE에 걸어놓은
자작나무 그 숲을 지나

어둠은 둥글어지고 수십억 별이 뜬다

종이컵 발문跋文

궂은일 마다않고 매번 불려 나갔지만
무릎을 꺾은 적은 한 번도 없던 남자
어제는 망자 앞에서 명복을 빌어줬다

네댓 번 잔이 돌면 꼬부라지는 혓바닥
홧김에 쏟아낸 말 자식 앞길 막을까 봐
절반은 소주를 담고 나머지는 비워두고

바람 부는 길에서 민낯으로 만난 사람
땀내 밴 등짝으로 질긴 어둠 밀어낸다
살아서 꿈틀거리는 아주 작은 불빛 위해

짓밟힌 몸일망정 꽃을 맺은 풀 앞에서
죄 된다 하더라도 그대 품고 살고 싶다
불행도 꼭 끌어안고 활활 타는 소지처럼

붓 라기*

천생 붓 라기이다,
외눈박이 사랑을 하는

그물코 펼쳐놓고 먼 산 보며 앉았는데

코 마음 이미 읽었는지
달려드는 아이들

펼쳐보지 않아도 동화처럼 읽히는데

페이지 넘길수록 깊어지는 너의 눈

높낮이 맞추어 간다,
갈피마다 꽃이 핀다

* 한쪽만 바라보도록 목이 굳은 사람.

아내에게

운명처럼 감싸 안은 그대를 바라보면

날개 단 푸른 별이 지상으로 길을 낸다

깊은 소沼 마르지 않는 먼 나의 그리움

능소화 에세이

주황 가면을 쓴 수심이 한 짐이다

떠돌던 구름들을 내려 앉힌 넝쿨처럼

제 무게 이기지 못해 늘어뜨린 저 독백

직지사 배롱나무

끈끈한 생의 허물 벗겨내고 싶었을까
무시로 절을 하는 천불전 보살처럼
밤하늘 닦아낸 손으로
가지마다 별을 달고

마디뼈 꺾을 때마다 내려놓은 생각, 생각
명부전 긴 뜨락이 발갛게 물이 들고
참매미 울음소리가
소매 끝을 적신다

무창포 세레나데

포구에 창이 없어 불러도 화답 없나
해안선 긴 마디에 갇혀버린 조약돌
반음만 내려놓아도 해조음 들리는데

조석으로 밀려오는 그림자 같은 사람
허기진 첫사랑의 흰 등뼈가 휘어지면
사리도 몸살을 한다, 망각이 출렁 인다

삭망을 넘어서며 비로소 눈뜬 사랑
물때가 삼켜 먹은 아랫도리 드러내고
감았던 탯줄을 풀어 둥둥섬 붙안는다

감, 안거에 들다

텅 빈 꽃자리에 틀어 앉은 풋 생각들

더러는 떨어지고 더러는 또 흔들린다

장맛비 긴 혓바닥이 날름대는 허공에서

짓물러 터진 입술 백분이 피어나고

세상이 떫을수록 떫은맛 깊어져도

장마가 지나간 자리 푸른, 사리 몇과

단청 2

하루에 꼭 세 번씩 하늘을 올려다본다

제 몫 다한 누리 만행이 끝날 때까지

풍경이 풀어내는 말 가슴으로 사경하듯

섭지코지 돌꽃

무엇을
밝히려고
섬으로 찾아왔나

뭍 향한
그리움에
난바다 딛고 서서

파도가
몰고 온 풍문
맨몸으로 맞서며

한 각만
더 했으면
천년거북 되었을걸

눈과 귀
닫지 못해
시나브로 지은 죄

심해에
발목이 잡혀
부목처럼 서 있다

밤마리*

칠백 리 달려와서 잠시 숨을 고르다가
길 하나 열어 놨다, 보잘것없는 기슭
강물은 가슴을 열고
바람은 머리 풀고

삼대를 출렁대도 씻어내지 못한 내력
막걸리 한 사발에 메나리 가락 따라간다
불도장 찍혀진 목숨
털어내는 몸짓인 듯

배고픔 물수제비 뜨듯 닷새마다 서는 장
가난을 먹고 사는 화톳불이 타오르면
강물도 머리를 푼다
바람꽃이 피어난다

* 오광대의 발상지. 경남 합천군 덕곡면 율지리.

3부

타면 탈수록

바람의 풍경

억새의 목울대로 울고 싶은 그런 날은

그리움 목에 걸고 도리질을 하고 싶다

있어도 보이지 않는 내 모습 세워놓고

부대낀 시간만큼 길은 자꾸 흐려지고

이마를 허공에 던져 비비고 비벼 봐도

흐르는 구름의 시간 뜨거울 줄 모른다

내려놓고 지워야만 읽히는 경전인가

지상에 새긴 언약 온몸으로 더듬지만

가을은 화답도 없이 저녁을 몰고 온다

가을 영암사지*

  돌에 핀 꽃잎으로 층층이 쌓은 좌대, 아픔이 너무 많아 목을 놓고 앉아 있다

  육십도 기울어진 세상, 햇살마저 무거워

  얼마나 덜어내야 저 굴헝 가벼워질까? 왕대나무 잎사귀에 서성이는 건들바람 먹울음 우묵하게 안고 억새꽃 피어난다

  꽃은 또 허공 속에 마음을 던져놓고 무너질 줄 알면서 세워놓은 돌탑처럼 속살을 다 내어주면서 그림자를 감춘다

  금당이 머문 자리 내려앉은 가을빛에 두툼해진 미소로 겨울을 예비했나

  지울 것 지우고 나니 문득 길이 보인다

* 경남 합천군에 있는 폐사지.

사랑니

반생을 지글거리다 뽑아버린 설렘의 덫

생각이 도질 때마다 생시치미 떼었지만

이따금 바람은 일고

멈칫멈칫 도는 너

청송 꿀사과의 내력

청송 주왕산자락 산 1번지 양지마을
그 마을 이장님 댁 늙수그레한 사과나무
식구들 먹여 살리고, 자식 공부 다 시키고

요즈음 이장님 부부 속이 말이 아닐 거야
대학 졸업한 두 아들 취준생이 되었다지
하나는 신림동에서 또 하나는 노량진에서

과수원 나무들도 주인 닮아 가는 걸까
주먹보다 큰 열매 주렁주렁 달았지만
씨방만 에둘러 놓고 속은 온통 멍투성이

속 모르는 사람들 그 집 앞에 줄을 선다
한 입만 베물어도 온몸에 도는 단맛
쓰리다, 쓰리다 못해 굳은살이 박인 것을

늦가을 창덕궁

햇빛 깔깔한 계절 돈화문 들어서면
목석木石에 담겨있는 육백 년 묵은 사연
서린 한
가누지 못해
다홍으로 타오르고

주인 없는 낙선재 빗장을 열어보면
켜켜이 쌓여있는 다갈색 망국 설움
손대면
허물어질까
가을빛이 비켜 간다

이방인 감염되다

대중탕 때밀이 k씨 손가락이 아홉이다
강물처럼 흘러온 조선족이 분명한데
지난날 밀어내고 있다
도무지 말이 없다

퍼덕이는 기억들을 팔뚝에 감춘 걸까
간간이 힘쓸 때마다 시퍼렇게 비친다
땀방울 안으로 스며
드러나는 고향길

잃어버린 막내가 물컹물컹 집히는지
등줄기 타고 내린 물소리에 놀란 날은
손가락 잘려나간 자리
통증이 스멀거린다

곶감

햇살을 듬뿍 찍어
개금불사 하고 있다

살 속에 묻힌 밀어
상형으로 돋아날 때

쓰디쓴
경계를 딛고
다시 붉은 등신불

맛에 대한 평설

어릴 적 밥상 앞에서 엄니 늘 하시던 말
"갈치조림 갈치보다 무른 무가 더 다네."
그때 그 귀에 박힌 말 괜한 소린 줄 알았지

오늘 아침 갈치조림 무 한 점 씹었을 때
속살이 혀에 감겨 울컥, 목이 메더라
그 속 맛 제대로 아는 데 오십 년이 걸렸네

단 한 철 땅내 맡고 물러앉는 법 익혔는지
부글부글 끓으면서도 곁 내줄 줄 아는데
바람에 물이 든 이 몸 무슨 맛이 들었을까

독도

검푸른 수면 위로 울컥울컥 토해낸 숨

펄펄 뛰는 심장이다, 동서로 갈라져도

사유가 깊어진 만큼 커지는 생의 부력

보름달 독서법

촉수가 열려있다, 너를 향해 팔 벌리고

싸늘하게 누워있는 활자의 잠을 깨워

도도한 밤의 각질을 한 겹씩 벗겨낸다

떨리는 손끝으로 갈피를 열어보면

전신에 퍼져있는 언어의 붉은 핏줄

그 체온 더듬는 시간 짜릿하다, 설렘이

멀수록 반짝이는 순례자의 눈빛인 듯

모퉁이 돌 때마다 쉼표를 찍어가며

하늘을 닦아 내린다, 길이 하나 열린다

가슴의 현상학

암 걸린 참죽나무 공방으로 실려 왔다

대패질 더할수록 드러나는 삶의 단면

뉘 모를 투병의 시간 빼곡하다, 가슴에

누이 왼쪽으로 메스가 지나갔다

후드득 떨어지는 중년의 마른 비명

뾰족이 날이 선 말들 박혀있다, 가슴에

이등변 부부

부부로 사는 것은 삼각형 만드는 일
생각이 다를 때는 꼭짓점에 멈춰 선다
기울기 바라보면서 직립의 꿈을 꾸며

빗변이 늘어나도 밑변이 작아 봐라
좁아터진 바닥에서 숨 쉴 틈이 있을까
바람만 살짝 불어도 넘어지고 말 것을

좁아서 북새통은 넓어도 탈이 많아
제가끔 깜냥만큼 마름질하다 보면
마침내 깨닫게 되는 밑변의 존재 이유

규화목

네 가슴
데워주는
숯이 되고 싶었는데

시간의 덫에 걸려
돌이 되어 누워있다

속울음
다져온 행간
단면으로 잘라놓고

응급실 소묘

응급실의 하루는 한숨이 석 섬이다
굽잇길 칠십 년을 돌아서다 흘린 호흡
넘어져 주저앉은 자리 흥건히 적셔놓고

창공을 휘젓다가 추락한 날개처럼
일월을 지고 가다 등이 휜 고목처럼
하얗게 탈색된 군상 박제처럼 누워있다

누군들 애면글면 걸어온 길 없을까만
한번 왔다 가는 곳 못 풀 일 뭐 있을까
눈물도 굴리다 보면 염주 되어 눈뜰 것을

외규장각 의궤

갓 쓰고 도포 날리며 행서체로 눈을 뜬
그믐밤 지워버린 등불 같은 가시연꽃
천년 더 들숨을 쉴까, 물 위에 날숨 얹어

인질로 끌려가서 불어로 꿈꾸는 동안
5대째 벗어둔 의관 앉은 채로 눈이 멀고
내 깜냥 이제 여기까지 사뭇, 슬픔이 인다

환향의 길에 오른 여인들의 행색처럼
차마 버리지 못할 수모 겪은 저 몸뚱이
그리운 말의 지문으로 겉더께 닦아낸다

온몸이 먹먹해도 향불 같은 마음 얹어
끝끝내 잊지 않고 찾아온 너를 위해
천년 더 날숨 삼키며 들숨을 쉬고 싶다

삶 한 벌

보증서 한 장 없이 백 년을 빌렸건만

빗물에 젖은 소매, 바람이 할퀸 가슴

밤마다 다림질해도 잔주름만 하나, 둘

4부

깊을 만큼 깊어져야

바람의 필법

대숲이 우는 까닭은 걸리는 말 많아서다
한 발만 헛디뎌도 칼바람이 이는 언덕
밤마다 빗장을 지른다, 흔들리지 않으려

너에게 가는 길은 수만 갈래 바람의 길
간이역을 세워 둔다, 단숨에 갈 수 없어
열두 개 마디를 지어 잠시 숨을 돌리고

텅 — 비우고 나면 외발로 설 수 있을까
하루에 한두 번씩 목이 긴 기도를 한다
휘어도 꺾이지 않는 붓 닮아 가고 싶어서

마침내 둥글었는지 먹물에도 향이 돌고
허공에 적신 붓끝 내리긋는 굵직한 획
화선지 스며든 글귀 죽순으로 돋아난다

피타고라스*의 겨울

내 삶의 걸음나비 공중에다 띄워놓고
해법을 찾기 위해 수렴한 제값으로
응달진 그림자 속에 원주율을 펼친다

막무가내 뛰어드는 공집합 말아 올려
먼 길을 잡아당겨 몸 친친 감을 때는
포물선 정점에 서서 허공을 베어 물고

어둠이 잡아먹은 음수 또 바라보면서
허수에 눈먼 시간 각진 구석에 앉아
뭇별의 무한소수로 허기를 달래는 밤

냉기가 우글대는 동굴 같은 세상 지나
미분한 바람 소리 고요해진 새벽녘은
사람들 상관계수를 꼼꼼하게 적분한다

* 고대그리스의 수학자 · 철학자 · 종교가.

이명耳鳴

고주파 방언이다,
알 수 없는 마음이다

황톳빛 몸의 기억 휘감은 물살처럼

또다시
날 찾아와서

법화경을
외우는

겨울 정이품송

속세를 건지려고 속세를 떠난 것처럼
깊어진 생각만큼 몸이 더욱 붉어졌다
무조건 받아온 사랑 돌려주고 싶은지

하늘의 부름 받고 청포에 갓을 쓰고
세상을 호령하던 그 눈빛 그 목소리
가슴이 왜 뜨거운지 이제야 알겠는데

스스로 몸에 익힌 황금비율 깨뜨려서
달려드는 북풍에 어깨 하나 내어주고
금강 빛 한아름 안고 만 편 시를 쓴다

하현달

홀로서기 하려고 군살 빼기 하는 저 달

겨울 강 건너와서 바늘귀를 지나간다

뭇생각 살이 빠지면 길 잃을까, 길 찾을까

돌실나이*

실에도 혼이 있다면 그 속내 보고 싶다
삼대째 내리 짜 온 사새 사새 두번걸이
뼈와 살 품어준 적삼 올올이 더듬으며

검게 탄 가마솥에 무더위를 푹 쪄내어
무르팍 지지면서 사나흘 밤 지새울 때
물레질 휘어진 허리에 날숨이 감겼었지

불거진 씨줄 날줄 말쑥하게 풀 먹이고
신사동 굴절된 거리 휠휠휠 걷고 싶다
끈 놓친 방패연 찾아 쏘다니던 소년처럼

삶고 또 곱삶으면 다시 만날 수 있을까
살바람 숭숭 드는 오늘 하루 접어놓고
사계절 당신을 위한 돌실이 되고 싶다

* 전남 곡성군 석곡(돌실)면에서 생산되는 삼베.

면도

짙푸른 결기 세워 전장으로 나아간다

밤과 낮 접점에서 낭자한 생의 비명

욕망을 밀어낸 자리 또 하루가 빛난다

먼 길

앞만 보고 달리다 돌부리에 걷어차여
근심을 베개 삼아 동그마니 누워있다
명치와 아랫배 사이
봉분 같은 달 띄우고

포물선 정점에서 무슨 생각 하시는지
밤낮이 바뀌어도 한마디 말이 없다
곧아서 더 아픈 등뼈
땅바닥에 뉘어 놓고

버리고 내려놓아도 할 말이 남은 걸까
가난의 대물림을 맨몸으로 닦은 아버지
흙으로 되돌아갔다
겨울 백서를 쓴다

천명, 다산의 하늘

1. 정석
휘어진 강물 위에 질박한 삶을 놓아 초심으로 가는 길
은 징검돌 내리는 일
행초서 옷깃 여미고 해서체로 우뚝 서다

2. 약천
온몸을 내던져서 향을 담는 찻물처럼 가뭄에 긋지 않
는 돌샘이 되고 싶다
마지막 한 방울까지 맥박으로 뛰면서

3. 다조
투박한 찻잔에는 깊어가는 귀가 있어 등 굽은 산바람
의 잔기침 듣고 있다
기다림 진하게 우려 달을 불러 앉히고

4. 연지석가산
마음도 흔들리면 기댈 곳이 필요한가 하루에 한 마디
씩 돌로 빚은 그 세월
물속에 쏟아 부으면 푸른 섬은 깃들까

5. 초당

굴릴수록 둥글어지는 소리가 되고 싶어 산과 강 접점
에서 불러 내린 만 평 허공

청태靑苔를 두르고 섰다, 득음한 범종처럼

달항아리

바람에 흩어진 살, 물의 뼈로 띄워놓고
사라진 별의 화석 그 정령 불러내면
허공에 묻어둔 소리 시퍼렇게 눈을 뜬다

얼마를 에둘러야 어둠은 사라질까
강물은 흘러가서 돌아올 길 잃었는데
굽은 등 지고 온 바람, 일어설 줄 모르는데

도공의 곧은 숨결 앙금처럼 앉아있다
뜨거워도 뱉지 못한 머울음 입에 문 채
조각달 밀어 올린다, 털이 빠져 가볍다

풍경

굶는 데 이골이 나 하루걸러 먹었는지
밀쳐진 소반 위에 말라붙은 빈 밥그릇
괜찮다, 살 만큼 살았다
독백으로 덮어놓고

혼자서 걸어간 길 고스란히 남아있다
지독했던 그리움도 한낱 바람인 것을
못다 한 꿈의 성채가
무너졌다, 파랗게

떠나는 순간까지 왜 버리지 못했을까
핸드폰에 담은 얼굴 닿아 있는 저 손길
달빛도 그냥 갈 수 없어
문고리를 쥐고 있다

주상절리

　내 안의 너를 찾아 발길이 닿은 이곳 쌓다 만 돌담 위에 실금이 그어져 있다 막다른 골목 앞에서 쏟아내던 날숨처럼

　얼고 녹은 긴 시간 예각을 버렸는지 서로의 어깨를 걸고 스크럼을 짜고 있다 속내평 다 내려놓고 둔각으로 엉긴 돌

　너에게 가는 길은 껍데기를 버리는 일 바람과 물을 불러 몸통을 깎아낸다 돌 속에 숨어 있는 자취 찾아내는 석공처럼

　모난 돌이라고 꿈마저 모났을까 장삼빛 육각기둥 무뚝뚝한 등뼈가 벼룻길 비틀거리며 겨울하늘 이고 간다

간경화 혹은 뇌경색

좁아터진 몸뚱어리 손댈 곳 너무 많다

자유당 시절에는 자유를 몰랐었고 공화당이 판칠 때는
목구멍에 매달려서 손발에 딸린 권리 있는 줄도 몰랐었
지 정의당 시절에는 피가 돌 줄 알았는데 실핏줄 마디마
다 멈칫멈칫 앉는 기침 아뿔싸! 여기저기 때가 끼기 시
작했지 온몸에 울긋불긋 깃발이 꽂히면서 입술만 삐쭉
해도 봇물로 터지는 물 붉어서 검은 건지 검어서 붉은
건지 구렁이 담 넘어가듯 도적들이 판치는 세상 주당酒黨
만 고집하다 헛배 부른 우리 아버지, 아버지

이다음 세상에서는 풀꽃으로 피어날까

탈춤

1
강물만 강이 아니라 시간도 강인 것을
한 번 건너가면 다시 올 수 없는 것을
청춘은 못갖춘마디 제 목소리 잃었다

2
벽 앞에 설 때마다 말뚝이탈 덮어쓴다

"연애도 포기하고 결혼도 포기하고 자식까지 포기한
삼포의 세대에게 꿈이 있느냐고 묻지 마라 묻지 마라,
그도 한땐 하늘 닮은 푸르디푸른 감이었다. 사랑 접고
우정도 접고 떨어지는 꽃잎엔 쌈지를 털어서라도 노잣
돈을 얹어줘라, 가난이 죄인 것을 몸소 겪은 들풀이다.
하고도 안 한 척 안 하고도 한 척, 척하는 놈들에겐 똥바
가지 옴팡 씌워라, 없는 사람 등쳐먹는 파렴치한 놈들에
겐 똥오줌도 과할지 몰라."

생목이 오르던 순간들 흑백으로 되감긴다

3
어둠이 짙을수록 야생 촉수 돋아나듯

걸쭉하게 풀어내는 말뚝이 그 말재간

손발은 굿거리장단,

또 하나의 길을 낸다

지리산 화엄경

두 마리 푸른 용이 들어 올린 범종인가 천왕봉 꼭대기
에 하늘 문 열어 놓고 수만 년 청태를 둘러 굽어보는 남
도 땅

개불알꽃 며느리밑씻개 옥녀꽃대 미나리아재비 산이
풀어놓은 강 날숨들이 늘비하다 속울음 적셔놓은 이슬
물안개 들숨이 되고

뿌리를 내릴 때부터 울대 하나씩 가졌지만 적막이 된
산벚나무 묵언하는 자작나무 못다 한 말을 모아서 바람
결에 새겨둔다

숲을 떠난 바람은 숲으로 되돌아와 스스로 내뱉은 숨
을 한 장씩 꿰맞춘다 구멍 난 자리를 메워 음역 다시 넓
히려는 듯

계절이 바뀌어도 제 식솔 기억할까, 허공을 가로질러
찍어놓은 발자국 따라 깃 떨군 새 한 마리가 품속으로
날아들고

선 자리 높아질수록 목소리 낮게 깔려 뼈를 깎는 골물
소리 몸으로 삼켰는지 뎅그렁, 털어낸 침묵이 행간을 들
어 올린다

살어리 살어리랏다

— 김천시 승격 70주년에 부치는 글

백두가 바람을 타고 남도로 휘달릴 때, 단봇짐 풀어놓고 잠시 숨을 고르던 곳
수천 년 벽태를 벗어 푸른 꿈을 심는 땅

황악, 금오, 대덕을 병풍처럼 둘러놓고, 감천과 직지천이 살을 찌운 저 들녘
햇발이 내를 이루어 날짱날짱 흐르고

너에게로 흐르는 강 멈춘 날이 없더라, 자두, 포도, 호두는 씨알의 집을 짓고
감자 꽃 밀어 올리는 땅의 내력 따숩다

길과 길이 만나서 동맥이 된 혁신의 땅, 빛 좋은 때를 골라 지신을 밟아보자
감문국 빛나는 전술 좇아가는 빗내농악

여인의 숨결이 스민 청암을 찾아갈까, 곧은 집 직지에서 고승대덕 만나볼까
범종도 법고도 목어도 우렁우렁 자라는데

봉황이 앉았다는 전설이 피는 연못, 내일을 가꾸는 사람 가슴마다 시가 핀다
청매화 피는 계곡에, 백수 흐르는 이 땅에

추풍령 내려치던 바람이 약이었나, 꿈 실린 달항아리 구워내는 바람 고개
십오야 짙푸른 달빛 괘방령을 넘는다

해설

묵상하는 장독처럼 득음한 범종처럼
― 진솔교정眞率矯正, 김석인 시품詩品

홍 성 란(문학박사 · 유심시조아카데미 원장)

1. 백수白水 문하門下

옛 시인 엄우嚴羽는 『창랑시화滄浪詩話』 「시법詩法」에서 "시를 보려면 반드시 금강의 안목을 갖추어야 곁가지 작은 방법에 현혹되지 않는다看詩須着金剛眼睛, 庶不眩于旁文小法"했다. 금강의 안목. 나의 안목은 곁가지 작은 방법에 휘둘리지 않고 한 시인의 시 세계를 오롯이 읽어낼 수 있을까. 나의 안목은 균형 잡힌 저울로서 김석인 시 세계의 중심을 꿰뚫어 볼 수 있을까. 과연 김석인 시 세계는 '존재의 중심'에 닿아 예술적 승화를 이루어가고 있는가. 독특한 시경詩境을 이루어가고 있는가.

김석인은 1960년 경남 합천에서 태어나 경북대에서 철학을 공부하고 김천고등학교와 김천중학교에서 윤리,

사회, 역사를 가르쳐온 교사로서 퇴임을 앞두고 있다. 2006년 현대시조의 거봉巨峰 백수 정완영(1919~2016) 시인을 만나 '시조 마을' 그룹에서 유선철, 이병철, 김경숙과 함께 2014년까지 7년간 백수 문하에서 수학했다는 그는 33년을 김천에서 살아온 김천의 시인이다.

알다시피 김천은 백수를 빼놓고 이야기할 수 없는 고장이다. 백수 문하에서 백수를 스승으로 섬기며 백수문학제 운영위원으로 활동해온 김천의 시인에게는 백수의 향훈이 어려 있게 마련이다. 첫 시조집『범종처럼』을 상재하는 김석인 시인의 작품 목록을 보면 총 64편 가운데 단시조가 21편이고 연시조는 41편에 이르고 사설시조도 1편 있고 혼합연형시조도 1편 들어 있다. 백수가 사설시조와 혼합연형시조는 쓰지 않았다는 점에서 김석인은 자신만의 개성을 확보해가는 중으로 본다. 41편이나 되는 연시조 목록에는 2수 연시조가 9편, 3수 19편, 4수 10편, 5수 1편, 6수 1편, 7수 1편에 이르니 '거침없는 호흡'이라 할만하다. 이제 그의 시조 세계로 들어가 보자.

2. 알몸의 경계境界, 그 도정道程에서

나는 2014년 동아일보 신춘문예 수상식에서 김석인을 처음 만났다. 그때나 지금이나 그는 진중鎭重하고 과묵寡默하다. 당시의 신춘문예 심사평을 보면 문단 풍조는 변

하지 않은 것 같다. 장황한 언술과 지나친 기교에서 오는 피로도가 높아질수록 집약적 서정 양식을 그리워하게 되므로 시조 부문 응모자가 해마다 늘고 있다는 점에서도 그렇고, 기성 시인을 모방하거나 시류에 편승하는 편협성을 보인다는 점에서도 그렇고, 절제와 균형의 시조 미학을 잘 살려내지 못하고 있다는 점 또한 그렇다. 심사에서 주목한 것은 신인다운 미숙함은 있으나 참신성과 진정성이 돋보이는 작품군으로 여기서 들어 올린 작품이 「바람의 풍경」이었다.

억새의 목울대로 울고 싶은 그런 날은

그리움 목에 걸고 도리질을 하고 싶다

있어도 보이지 않는 내 모습 세워놓고

부대낀 시간만큼 길은 자꾸 흐려지고

이마를 허공에 던져 비비고 비벼 봐도

흐르는 구름의 시간 뜨거울 줄 모른다

내려놓고 지워야만 읽히는 경전인가

지상에 새긴 언약 온몸으로 더듬지만

가을은 화답도 없이 저녁을 몰고 온다

- 「바람의 풍경」

시인은 왜 시를 쓰는가. 말로 다 말할 수 없어 시를 쓰지 않는가. 무언가 뭉클거리는 그러나 빛깔도 모양도 소리도 없어 잡히지 않는 마음. 이 마음을 시인은 말로 다 설명할 필요가 없다. 설명할 수 없어 그림을 그린다. 설명할 수 없어 선율에 실린 노래를 만든다. 리듬이고 이미지다. 음악이고 그림이다.

설명할 수 없는 시가 좋은 시라 했던가. 백수의 시를 말로써 재단할 수 없듯이. 무언가 꼭 집히지는 않지만 「바람의 풍경」에는 바람 부는 가을 억새밭에 선 시적 화자가 보인다. 그의 그리움은 무엇인가. 그리워한다는 그 부재와 결핍은 무엇이고 그로 하여 일렁이는 고독과 소외와 쓸쓸함은 무엇인가. "가을은 화답도 없이 저녁을 몰고 온다" 가을은 화답할 필요가 없다. 화답은 이미 시적 화자의 내면에서 은은히 번져오고 있기 때문이다. 화답을 기다린다는 것은 내가 가야 할 길이 이미 시적 화자의 내면에 설비되어가고 있다는 것이다. 일렁이는 이 모든 존재의 부재와 결핍을 극복하고 비워내고 마침내 "지상에 새긴 언약"을 실천하리라는 윤리 의식이 시적 화자의 내면 풍경 아닌가. 여기 능란하거나 매끄럽지는 않아도 남다른 시경詩境이 있다. 백수 문하에서 백수라는

91

시루를 거쳐 나오는 후예의 개성이 보이기 시작한 것 아닌가.

> 고독이 눈을 떠야 내가 나를 볼 수 있지
> 빈 하늘 등에 지고 바람 앞에 서게 되지
> 그제사 내가 보인다
> 더덕더덕 붙은 군살
>
> 주릴 만큼 주려봐야 창자가 맑아지고
> 여월 만큼 여위어야 칼바람도 비켜가지
> 석 삼동 허기로 채웠다
> 마음속에 각을 세워
>
> 봄으로 가는 길은 속살 꺼내 보이는 일
> 겹겹이 쌓인 각질 한 땀 한 땀 걷어 내면
> 홍매화 등불 내건다
> 씨알 같은 꿈을 담고
>
> — 「겨울나기」

"허기"와 "고독"은 시인에게 "씨알 같은 꿈을 담"기 위한 전제前提다. 허기와 고독의 "석 삼동"을 거쳐야 심신이 맑아지고 "칼바람도 비켜가"는 예지의 "각"이 서게 된다는 것을 시인은 안다. 이 「겨울나기」를 거쳐야 "속살"마저 부끄럼 없이 "꺼내 보"일 수 있는 씨알 같은 꿈이 영글고, "홍매화 등불 내"어 걸듯 인생의 봄이, 시의 봄이

활짝 피어날 것이라고 시인은 안다. 송두리째 자신을 드러낼 수 있는 경지. 아닌 게 아니라 이 자기 암시의 시편 또한 그 맑은 '알몸의 경계境界, 알몸의 시학詩學'에 이르기 위한 도정道程 아닌가.

3. 묵상默想하는 장독처럼

언제부턴가 교권은 추락하고 교실의 학습 분위기가 무너지고 학생들 정체성 혼란과 무질서가 심중해졌다. 세세히 이를 필요는 없겠으나 수업시간에 엎드려 자거나 화장을 하거나 스마트폰으로 딴짓하는 따위는 문제적 사건도 아니다. 교실 폭력이 학생과 교사와 학부모가 연루되는 사건들로 비화한다는 뉴스는 더 이상 뉴스가 아니게 되었다. 뉴스가 뉴스 아닌 세상. 무엇이 문제인가. 이 난맥을 어떻게 풀어가야 할까.

툭 던진 한마디가 음이온이 된 것일까
심드렁한 아이들 심장으로 날아가서
찌르르, 전기가 튄다
까막눈 뜨게 한다

날것 꼭 껴안고서 묵상하는 장독처럼
상처를 어루만진 따스했던 그의 말

곰삭아 누긋해진 기억
뼈마디가 환하다

―「교사 유선철」

정년을 앞둔 김천의 교사 김석인. 선배 교사 유선철과 김석인은 한마음으로 지내온 김천 교단教壇의 도반이요, 사표師表다. "툭 던진" 교사의 "한마디"가 "심드렁한 아이들"의 "눈"을 반짝 "뜨"이게 한다면 얼마나 다행한 일인가. 「교사 유선철」은 그 다행한 일을 포착한 시다. 기도하는 마음으로 교사는 "날것" 같이 함부로 날뛰거나 거두어 훈육할 수 없는 지경에 이른 아이들을 "장독처럼" 품어 안아 그들 마음을 연다. "툭 던진 한마디"는 아마도 어른이라고 선생이라고 권위 내세우지 않고 꾸밈없이 가까이서 낮은 목소리로 건네는 말일 테다. 아마도 그런 말에 아이들의 날 선 마음은 "누긋해"지고 심드렁한 눈빛은 반짝 빛날 테다. "상처를 어루만진 따스했던 그의 말"은 아마도 그런 상황을 가리키는 것일 테다. 날것이던 아이들은 묵상하는 장독 안에서 풋내가 빠지고 감칠맛 돌게 곰삭을 테다. 교사는 기도하는 마음으로 학생을 발효시키는 장독이다. 묵상하는 장독. 묵상하는 장독은 시인 김석인이 교단에 던지는 사표요, 우리 시사詩史에 그려놓은 교육자의 사표다.

틀 없는 틀에 갇혀 튀고 싶은 낱알들

끓어 넘치기 전에 넘쳐버린 낱알들

한 번 더 견디어 보자

미안하다, 미안하다
　　　　　　　　　　　　　　－「중2-스승의 날에」

　세간에 김정일이 남침을 못 하는 건 "중2"가 무서워서
라는 우스개가 있다. 열다섯 살 질풍노도의 시기. 중학교
2학년 아이들을 지도하는 교사 김석인은 "스승의 날에"
담임으로서 고뇌어린 스승의 노래를 우리에게 들려준다.
학교는 아마 "틀 없는 틀"일 거야. 알아. 너희는 "틀에 갇
혀 튀"어 나가고 싶은 낱알이지. 알아. 잘 익기 위해 끓
어 넘치기 전에 넘쳐버린 낱알이 되면 어떡해. 어떡해.
뜨겁지만, 따갑지만 교실이라는 틀을 "한 번 더 견디어
보자", 견디어 보자. "미안"해, 미안해. 살아보니 산다는
건 견디는 거라고 "튀고 싶은 낱알들"에게 전하는 노래.
뜨거워도 따가워도 한 번 더 견디어 보자고 미안하다고
전하는 노래. 얘들아, 랩rap으로 불러보면 어떨까.

4. 바늘귀와 바람과 부라기

　김석인은 겨울나기 하듯 끊임없는 자기 암시를 통해

존재의 부재와 고독, 소외와 결핍을 극복하고 정진해온 한 가족의 가장이기도 하고 묵상하는 장독처럼 기도하는 마음으로 아이들을 훈육해온 교사이기도 하다. 그런 점에서 그는 진솔 진중하여 정직한 시편을 선보여 왔다. 교사 김석인은 장삼빛 간편 한복을 교복校服처럼 입고 사는 불자佛子다. 이런 연유緣由 또한 틀어지거나 잘못된 것을 바로잡고자 하는 교정矯正의 정신과 진솔 진중한 시편의 주인이게 했으니 나아가 불제자의 깨달음을 담은 예지叡智의 시편을 선보이기도 한다.

홀로서기 하려고 군살 빼기 하는 저 달

겨울 강 건너와서 바늘귀를 지나간다

뭇생각 살이 빠지면 길 잃을까, 길 찾을까

－「하현달」

금빛으로 빛나는 밤하늘의 "하현달"은 "바늘귀"다. 우주의 바늘귀. 겨울나기 하듯, 홀로 서려고 "군살" 죄다 "빼"버린 하현달. 겨울나기 하듯, "겨울 강 건너와서" 금빛 바늘귀를 "지나"가는 건 시인이다. "뭇생각" "빼기 하는" 시인이다. "뭇생각 살이 빠지면" 다 사라져버리면 마음 버리기 다 해버리면 통하지 못할 관문이 없겠다. 생각의 살을 다 빼버리면 마땅히 우주 너머 우리가 온 그

곳, 그 무한천공無限天空으로 난 길을 홀로 찾아갈 수 있을까. 지금 여기의 그 어떤 것에도 매이지 않는 사유. 뭇생각을 다 빼어낸 빈 마음. 공허空虛. 바늘귀를 지나 무한천공으로 통하는 길!

햇살을 듬뿍 찍어
개금불사 하고 있다

살 속에 묻힌 밀어
상형으로 돋아날 때

쓰디�쓴
경계를 딛고
다시 붉은 등신불

− 「곶감」

껍질을 깎아 "햇살"에 잘 말려서 "곶감"이 되게 하는 과정을 "개금불사改金佛事"라 했다. 말랑하게 "살"이 말라가는 "쓰디쓴/경계를 딛고" 표면에 "돋"는 분粉이며 주름무늬는 판독불가 "상형象形"이라 했다. 겉껍질이 깎이고 속살이 말라가는 고해苦海를 건너 "등신불"로 현현顯現한 곶감. 불자의 예지 아니고는 이를 수 없는 경계. 우리 시사에서 누가 곶감을 두고 개금불사요, 등신불이라 했던가.

질끈 감은 눈으로
두 귀를 활짝 열고

떫은 세상 휘감아 감꽃이 피어났다

무거운 겉옷을 벗어
물고 오른
저
사리

                                    –「별」

　떫은 세상 그 고해를 헤쳐나가자면 "눈"은 "질끈 감"아
야 하리. 그러나 "두 귀"는 "활짝 열"어야 잘 듣고 잘 헤
아려 떫은 세상 그 고해를 헤쳐나갈 수 있으리. 그리하
여 "감꽃이 피어"나는 일은 사바세계娑婆世界의 옷을 입는
일이요, 감꽃이 지는 일은 사바의 "무거운 겉옷을 벗어"
별처럼 밤하늘에 "오"르는 일. 사바를 떠난 감꽃은 별이
고 밤하늘의 별은 사리舍利다. 이 또한 불자의 예지가 보
아낸 날카로운 시안詩眼이리.

　주황 가면을 쓴 수심이 한 짐이다

　떠돌던 구름들을 내려앉힌 넝쿨처럼

제 무게 이기지 못해 늘어뜨린 저 독백

                            － 「능소화 에세이」

  마음의 정처定處 없어 "떠"도는 "구름"처럼 사연 많은 능소화는 에세이를 쓰지만 시인은 단수單首로 압축 묘사한다. 그래, 아름다운 "주황"은 "가면假面"이었구나. "한 짐" "수심愁心"을 이기지 못해 꽃송이 "늘어뜨린" 저 능소화의 포착은 나의 뜻과는 상관없이 가는 생生의 표상表象 아닌가. 그래, 성장盛裝한 능소화의 무성茂盛한 칠월은 수심을 가린 가면이었구나. 능소화에 대한 참으로 유다른 판독이다. 김석인 특유의 미적 쾌거다.

  백수 문하 김석인은 백수라는 시루를 통과하여 유다른 시세계를 구축해가고 있는 것으로 보인다. 그리하여 묵상하는 장독 같은 진중한 시 세계도 보여주고 불자의 예지가 번득이는 시 세계도 보여주지만 '작가의 말'에서 고백했듯 태생은 "늘/흔들리며" 사는 시인이기에 단아하고 은은한 연시풍戀詩風의 시 세계 또한 거느리고 있다.

    만 권 책 갈피갈피 넘기는 봄의 뜨락

    잊힐 줄 알았는데 내 안의 나를 불러

    바람에 지워지지 않는 화엄경을 쓰고 있다

                                   － 「모란」

봄날. 어느 뜨락일까. "만 권 책 갈피갈피 넘기는 봄의 뜨락" 크고 탐스러운 모란을 강진 영랑 생가에서 보았지. 황금빛 꽃술에 진홍 꽃잎을 탐스럽게 두른 모란이 한가득 피어난 영랑의 뜰. 꽃잎 하나하나가 꽃송이 하나하나가 만 권 책갈피 아닌가. 갈피갈피 꽂아두었던 사연. 그 사연 잊을 줄 알았는데 바람 부는 모란 꽃밭에 오늘 화엄華嚴으로 일렁인다. 화엄이란 부처님이 이르신 깨달음의 오묘함을 나타낸 말이라니 그 깨달음을 얻은 환희라 해도 좋겠다. 그러니 연시풍이라 해서 여인을 향한 연정만은 아닌 것. 이 사바도 이만하면 살아볼 만한 데 아닌가. 이 봄의 뜨락도 부처요, 바람도 부처요 모란도 부처다. 이 모든 것이 오묘한 생의 진리를 갈피갈피 담고 있음을 깨달은 이의 환희심歡喜心.

눈으로만 스칠 사람 가슴에 담았는가

그리지나 말 것을 맺지 못할 연분홍

봄날은 왜 다시 찾아와 흔들고만 가는가
— 「상사화」

잎이 먼저 나오고 꽃은 나중에 피니 꽃과 잎이 서로 만나지 못한다 하여 "상사화"라 부른다는 꽃. "눈으로만 스"치듯 보아야 할 사람을 "가슴에 담았"다니! 어리석은 봄은 와서 잎은 다시 솟아오르고 나는 "연분홍"의 추억을 잊지 못하는가. 어리석은 게 죄다. "맺지 못할" 연분홍을 왜 여태 그리고만 있는가. 마음 두지 말 것을. 무심無心할 것을. 유정한 게 죄다. 유정한 게 어리석은 죄다. 스쳐 지나가거라. 무상無常한 사바의 모든 것들이 흔들고만 너를 떠날 것이니. 그러니 그대여, 매이지 말거라 시인은 노래하고 있지 않은가.

　도리 없이 흔들리며 사는 시인이기에 무상과 환희의 연가를 은은히 부르고 있지만 어쩌면 춘정春情이랄까 달달한 바람기랄까 그 바람 일렁이는 놀람과 기쁨의 시 세계 또한 내보인다.

　　　내가 가야
　　　흔들리지
　　　직지사 벚꽃나무

　　　열일곱
　　　모로 접은
　　　가시내 가슴 꼭지

　　　우짜꼬
　　　훔쳐본 속내
　　　내사 먼저 절정이네

　　　　　　　　　　　　　　－「직지사 벚꽃」

흐드러진 "직지사 벚꽃나무"도 "내가" 아니 "가"면 보이지 않고 내가 "흔들리지" 아니 하면 흔들리지 않는다. 흔들리는 내 마음이 점안點眼하듯 점등點燈하듯 꽃가지를 흔들어야 직지사 벚꽃나무도 흔들린다. 도도록 올라온 붉은 벚꽃망울에서 수줍은 "가시내"의 봉긋한 "가슴"을 훔쳐본 남심男心! 생동하는 봄기운에 좋다! 하, 좋다! 연발하는 달뜬 마음이 보인다. "내사 먼저 절정" 아닌가. 과연 흔들리는 시인 아닌가.

> 수천수만 나비가 내려앉은 여의도에
> 플래시 터뜨린다, 조리개를 활짝 열고
> 무슨 일 있었다는 듯
> 무슨 일이냐는 듯
>
> 하루해 부려 놓고 귀가하는 바람 바람
> 나래짓 한 번에 허리띠 다 풀렸네
> 죄목은 특수절도죄
> 들뜬 마음 훔친 죄
>
> 때가 되면 알겠지, 하늘을 흔든 까닭
> 꽃잎의 지문들 하나둘 드러나고
> 나비가 앉았던 자리
> 푸른빛이 고인다
>
> ─「벚꽃, 포토라인에 서다」

"플래시 터뜨"리는 사진기자들. 스마트폰 손에 들고 낱낱이 "죄목"을 들추어내는 상춘객賞春客들. 세상에! 여의도 윤중로에 만개한 벚꽃이 유죄란 걸 몰랐네. "들뜬 마음 훔친 죄" "특수절도죄" 벚꽃 그 수천수만 나비 떼가 얌전히 귀가하는 남심의 "허리띠"를 "풀"어버렸다네. "나비가 앉았던 자리"마다 번져 나는 생의 활력活力. 봄이다. 우리는 피할 수 없이 또 "포토라인에 서"는 벚꽃을 만나야 하리. 이 기발한 남심!

그렇다고 해서 이 기발한 남심이 흔들리는 시인의 본체라 생각하는 건 잘못이다. 이 진중하고 과묵한 시인은 가정만을 생각하고 아내만을 생각하는 천생바라기라 해도 틀린 말은 아니다. ㅂ라기는 시인이 말한 것처럼 '한쪽만 바라보도록 목이 굳은 사람'이다(「ㅂ라기」). 그러니 "외눈박이 사랑"을 할밖에. 촘촘한 생활의 그물을 펼쳐놓고 살뜰히 가꾸어야 할 내일을 생각하는 가장. 아이들과 "높낮이 맞추어" 온 세월 그 "갈피마다 꽃"은 피어왔으니 살면서 은은히 "깊어지는 너의 눈"을 서로 마주할 수 있었으리. ㅂ라기도 천생바라기 행복한 외눈박이 사랑을 아무렇지 않게 들추어 보이고 있는 시인은 거리낌 없이 또 "내 삶의 방정식은 외눈박이 바보 사랑"이라고 「나팔꽃 궁사」에서 고백한다. 「붉은 고요 혹은 수다」에서 "모든 길"의 "종착지는 가정家庭"이라 고백한다. 시인은 그 가정이라는 "울타리"에서 "살가운 속내"를 드러내고 "말문 탁 틔워놓고" 살기에 절로 "웃음보"가 풀린다는 지극하고 자상한 가장이다.

> 운명처럼 감싸 안은 그대를 바라보면
>
> 날개 단 푸른 별이 지상으로 길을 낸다
>
> 깊은 소沼 마르지 않는 먼 나의 그리움
>
> — 「아내에게」

지극하고 자상한 시인이 아내에게 주는 시. "운명처럼 감싸 안은 그대"라고 말할 수 있는 건 행복이다. 운명처럼 감싸 안은 그대를 바라보면 "날개 단 푸른 별이 지상으로 길을 낸다"는 시인. 이 시인에게 아직 먼 그리움이 있다. 아내여, 그대는 마르지 않는 깊은 소, "먼 나의 그리움"이라고 말할 수 있는 행복 또는 운명을 지닌 시인이 있다.

5. 거침없는 말뚝이처럼

김석인 첫 시조집의 작품 목록에는 다변과 요설饒舌의 사설시조 1편과 혼합형 연시조 1편이 들어 있다. 이 또한 백수풍의 경계를 넘어 자신만의 시경을 구축해나가는 도정으로 본다.

좁아터진 몸뚱어리 손댈 곳 너무 많다

자유당 시절에는 자유를 몰랐었고 공화당이 판칠 때는
목구멍에 매달려서 손발에 딸린 권리 있는 줄도 몰랐었지
정의당 시절에는 피가 돌 줄 알았는데 실핏줄 마디마다 멈
칫멈칫 앉는 기침 아뿔싸! 여기저기 때가 끼기 시작했지
온몸에 울긋불긋 깃발이 꽂히면서 입술만 삐쭉해도 봇물
로 터지는 물 붉어서 검은 건지 검어서 붉은 건지 구렁이
담 넘어가듯 도적들이 판치는 세상 주당酒黨만 고집하다 헛
배 부른 우리 아버지, 아버지

이다음 세상에서는 풀꽃으로 피어날까
－「간경화 혹은 뇌경색」

사설시조의 장르적 특성은 단시조와 연시조를 수렴하
는 4음 4보격의 평시조와는 율격관습도 다르고 조어造語
또한 다르다. 사설시조는 2음보격 연속체로서 말을 많이
주워섬기며 낭창낭창 넌출넌출 엮음을 이루어간다. 말
이 많으면 쓸 말이 없다 하듯이 주섬주섬 주워섬기는 중
에 허튼소리가 나오게 되고 그것이 사설시조의 본령이
라 해도 틀리지 않다. 그도 그럴 것이 사설시조의 기원
이 되는 만횡청류蔓橫淸流는 사대부들의 풍류연석에서 취
흥이 무르익어가면서 웃자고 하는 이야기, 요설이자 허
튼소리이기 때문이다.

현대사설시조에 와서는 이 요설의 형식은 의미 있는 허튼소리로 진화하고 있다. 다만 해학이 아니라 풍자諷刺나 골계滑稽를 담고 있기 때문이다. 「간경화 혹은 뇌경색」의 허튼소리가 그렇다. 이승만 독재의 자유당 시절을 지나 박정희 정권의 공화당 시절을 지나 국민의정부와 참여정부에 이어 정의당이 목소리를 함께 높이는 문재인 정부가 들어섰건만 정의로운 시대는 과연 도래했는가. 이 당도 못쓰겠고 저 당도 못쓰겠고 허튼소리, 주당酒黨이나 고집하다 우리들의 아버지는 간경변증에 뇌경색까지 덮어썼으니 간은 졸아들고 혈관은 막히고 뇌세포가 죽어간다. 이러다간 다 죽는다. 못살겠다. 갈아보자. 「간경화 혹은 뇌경색」은 이런 비판적 허튼소리다. 참, 우리가 풀꽃으로 피어날 이다음 세상이 오기는 오는 걸까.

1
강물만 강이 아니라 시간도 강인 것을
한 번 건너가면 다시 올 수 없는 것을
청춘은 못갖춘마디 제 목소리 잃었다

2
벽 앞에 설 때마다 말뚝이탈 덮어쓴다

"연애도 포기하고 결혼도 포기하고 자식까지 포기한 삼포의 세대에게 꿈이 있느냐고 묻지 마라 묻지 마라, 그도

한땐 하늘 닮은 푸르디푸른 감이었다. 사랑 접고 우정도
접고 떨어지는 꽃잎엔 쌈지를 털어서라도 노잣돈을 얹어
줘라, 가난이 죄인 것을 몸소 겪은 들풀이다. 하고도 안 한
척 안 하고도 한 척, 척하는 놈들에겐 똥바가지 옴팡 씌워
라, 없는 사람 등쳐먹는 파렴치한 놈들에겐 똥오줌도 과할
지 몰라."

생목이 오르던 순간들 흑백으로 되감긴다

3
어둠이 짙을수록 야생 촉수 돋아나듯

걸쭉하게 풀어내는 말뚝이 그 말재간

손발은 굿거리장단,

또 하나의 길을 낸다

— 「탈춤」

3장으로 나눈 이 작품은 장별로 배행하여 3행 전연을
1장으로 한 평시조 1수와 장별로 이어 쓰고 연 나누기한
2장의 사설시조 1수 그리고 장별로 연을 나누고 종장은
구 단위로 연을 나눈 평시조 1수를 3장으로 하여 1편의
혼합연형시조를 이루었다. 이 다양한 시적 형식의 「탈
춤」이 말뚝이탈을 뒤집어쓰고 거침없이 뱉어내고 싶은

응어리는 무엇인가.

특별히 2장에 보이는 사설시조 중장은 마치 공연장의 말뚝이가 말재간을 부리는 장면을 옮겨다 놓은 듯이 직접화법을 동원하고 있다. 이 중장이 보여주는 말뚝이의 거침없는 말재간은 사설시조 특유의 놀이와 풀이 기능을 유감없이 보여주는 대목이다. 청운靑雲의 꿈도 접고 "떨어지는 꽃잎"이라니. "노잣돈을 얹어"주라니.「탈춤」은 "선생님 미소가 좋아 따라나선(「4월」)" 세월호의 아이들이거나 구의역 스크린도어에서 사망한 청년노동자이거나 이 "못갖춘마디"로 대변되는 "삼포"세대의 해원解冤굿 아닌가. 기득권을 대물림하는 갑甲에게 "똥바가지 옴팡 씌"우라는 말뚝이의 거침없는 말놀이는 을乙들의 해원굿 아닌가. 이 걸판진「탈춤」은 시인이 희망사다리처럼 세워 올린 못갖춘마디 절망의 청춘 삼포세대를 위한 해원굿 아닌가.

6. 득음得音한 범종처럼

아픈 발원이거나 해원굿이거나 김석인의 인상과 그의 작품이 번져 내는 시품은 진솔교정眞率矯正이다. 김석인은 '본성이 자연스럽게 나타나도록 내맡기고 인위적 조탁이나 수식을 하지 않는다任性自然 節去雕飾'는 점에서 그렇다. 김석인은 교사로서 가장으로서 비뚤어지거나 구부러지지 않도록 가정과 사회를 바르게 갖추어가고 있다는 점에서 그렇다. 비록 세련되지 않은 거친 구성과 표현이 보인다 해도 그것은 격식을 벗어던진 자연自然이다. 어떤 인위人爲도 가까이하지 않는 김천 선비다운 면모.

내 안의 너를 찾아 발길이 닿은 이곳 쌓다 만 돌담 위에 실금이 그어져 있다 막다른 골목 앞에서 쏟아내던 날숨처럼

얼고 녹은 긴 시간 예각을 버렸는지 서로의 어깨를 걸고 스크럼을 짜고 있다 속내평 다 내려놓고 둔각으로 엉긴 돌

너에게 가는 길은 껍데기를 버리는 일 바람과 물을 불러 몸통을 깎아낸다 돌 속에 숨어있는 자취 찾아내는 석공처럼

모난 돌이라고 꿈마저 모났을까 장삼빛 육각기둥 무뚝뚝한 등뼈가 벼룻길 비틀거리며 겨울하늘 이고 간다
— 「주상절리」

제주 중문에서 주상절리柱狀節理를 만났다. 켜켜이 늘어선 암석 기둥. 그 비경祕境은 용암이 흘러나오다 급격히 식으면서 발생하는 수축 작용의 결과라 한다. 어떤 형용形容으로 그 비경을 온전히 전할 수 있을까. 이만하면 되었다. 중문 "장삼빛 육각기둥" 주상절리가 얼비친다. "모

난 돌이라고 꿈마저 모났을까" "실금"이라는 "예각"이라
는 "모난" "껍데기를 버"린 "무뚝뚝한 등뼈가 벼룻길 비
틀거리며 겨울 하늘 이고 간다"니! 시인의 자화상 아닌
가. 정신을 포착하기 위해 형상을 포착한다. 시는 외형
묘사에만 머물러서는 안 된다. 존재의 중심은 어디에 있
는가. 무뚝뚝한 등뼈가 벼룻길 비틀거리며 겨울 하늘 이
고 간다는 언표言表. 누가 하늘을 이고 가는가. 시인은 마
침내 이 세상 바루어갈 하늘의 부름을 받은 것일까. 진
솔교정. 말로는 말 다할 수 없는 것이 있다. 은은히 발묵
潑墨으로 지나온 역정歷程이, 나아갈 행로가, 한 사람의 자
화상이 얼비치지 않는가.

1. 정석
휘어진 강물 위에 질박한 삶을 놓아 초심으로 가는 길은
징검돌 내리는 일
행초서 옷깃 여미고 해서체로 우뚝 서다

2. 약천
온몸을 내던져서 향을 담는 찻물처럼 가뭄에 긋지 않는
돌샘이 되고 싶다
마지막 한 방울까지 맥박으로 뛰면서

3. 다조
투박한 찻잔에는 깊어가는 귀가 있어 등 굽은 산바람의
잔기침 듣고 있다

기다림 진하게 우려 달을 불러 앉히고

4. 연지석가산
마음도 흔들리면 기댈 곳이 필요한가 하루에 한 마디씩
돌로 빚은 그 세월
물속에 쏟아 부으면 푸른 섬은 깃들까

5. 초당
굴릴수록 둥글어지는 소리가 되고 싶어 산과 강 접점에
서 불러 내린 만 평 허공
청태(靑苔)를 두르고 섰다, 득음한 범종처럼
                              —「천명, 다산의 하늘」

정석, 약천, 다조, 연지석가산. 다산4경을 앞에 놓고
다산초당을 끝에 배치한 5수 연시조. 18년의 긴 유배생
활 가운데 10년을 지냈다는 다산초당. 초당 뒤편으로 작
은 약수터를 만들어놓고 솔방울을 모아 평편한 바윗돌
다조 위에 불을 지펴 찻물을 끓였다는 다산. "마음도 흔
들리면 기댈 곳이 필요한가" 바닷가에서 얻은 돌을 모아
작은 연못에 두르고 가운데 부처형상을 모셨으니 연지
석가산이다. 돌부처 앞에 합장했다면 다산의 발원은 무
엇이었을까.
    시인은 왜 「천명, 다산의 하늘」에서 "정석"을 맨 앞에
배치했을까. 우리가 아는 다산은 『경세유표經世遺表』『목민
심서牧民心書』『흠흠신서欽欽新書』로 대표되는 방대한 저서를

남기고 실학사상을 집대성한 사상가이자 '묵은 나라를 새롭게 하자'는 개혁사상가이다. 다산초당 수려한 풍광에 이르러 진솔교정의 시품을 지닌 시인의 눈에 제일 먼저 들어오는 것은 정석. "옷깃 여미고 해서체로 우뚝" 새겨놓은 정석丁石. 정석은 어떠한 기교도 없이 다산 그가 살아온 이력과 심성의 표상이다. 진솔교정 그 시품을 지닌 시인이 먼저 알아보는 생의 지표指標. 살아갈수록 "굴릴수록 둥글어지는 소리가 되고 싶"다는 시인. 정석은 천명天命이다. 다산의 하늘 아래 시인이 감득한 운명, 하늘의 명령이다. 인생 "만평 허공" 앞에 득음한 범종처럼 둥글어지는 소리처럼 정석定石으로 살아야 할 진솔교정의 시품이 감득한 천명.

두 마리 푸른 용이 들어 올린 범종인가 천왕봉 꼭대기에 하늘 문 열어 놓고 수만 년 청태를 둘러 굽어보는 남도 땅

개불알꽃 며느리밑씻개 옥녀꽃대 미나리아재비 산이 풀어놓은 강 날숨들이 늘비하다 속울음 적셔놓은 이슬 물안개 들숨이 되고

뿌리를 내릴 때부터 울대 하나씩 가졌지만 적막이 된 산벚나무 묵언하는 자작나무 못다 한 말을 모아서 바람결에 새겨둔다

숲을 떠난 바람은 숲으로 되돌아와 스스로 내뱉은 숨을

한 장씩 꿰맞춘다 구멍 난 자리를 메워 음역 다시 넓히려
는 듯

　계절이 바뀌어도 제 식솔 기억할까, 허공을 가로질러 찍
어놓은 발자국 따라 깃 떨군 새 한 마리가 품속으로 날아
들고

　선 자리 높아질수록 목소리 낮게 깔려 뼈를 깎는 골물소
리 몸으로 삼켰는지 뎅그렁, 털어낸 침묵이 행간을 들어
올린다

-「지리산 화엄경」

　지리산 천왕봉 꼭대기 발아래 펼쳐지는 남도의 풍광은
대방광불화엄경大方廣佛華嚴經. "숲을 떠난 바람은 숲으로
되돌아" 오듯 범종을 떠난 소리도 지리산 화엄법계를 돌
아 범종으로 되돌아온다. 강만이 "강"은 아니다. 산골 물
합수하여 흐르는 강만이 강은 아니다. 온갖 푸나무 온갖
숨탄 것들 "들숨" "날숨" 생동하는 이 경계도 한데 흐르
는 강이다. 광대무변廣大無邊의 대화엄이다. 이슬로 물안
개로 강물로 순환하는 물처럼 이르지 않을 데 없는 지리
산 화엄법계에 서면 "선 자리 높아질수록 목소리 낮게
깔"리는 지혜 광명의 법을 나도 깨닫게 될까. 너도 아니
고 나도 아니고 아닌 것도 아닌 분별分別 없는 경계. 세상
을 공경하는 마음으로 모두가 하심下心으로 받아들이고

받아들이는 도리道理. 어우러지고 어우러지는 도리. 말로는 말 다 할 수 없는 깨달음의 환희가 격동하는「지리산 화엄경」. 개구즉착開口卽錯이라 했다. 이 환희의 경계를 무슨 언설로 이를 수 있을까. "침묵이 행간을 들어 올린다" 뎅그렁!

7. 김천의 상징

금강의 안목. 시를 보려면 반드시 금강의 안목을 갖추어야 곁가지 작은 방법에 현혹되지 않는다는 송말末末 엄우의 말을 상기한다. 삼가는 마음으로 김석인의 시 세계를 열어본다. 존재의 중심에 닿으려는 시인의 결의를 만난다. 김천 교단의 사표로서 진중한 천생바라기 가장으로서 33년을 김천에서 살며 백수 문하에서 김천의 시인으로 자리매김해온 김석인. 조탁과 수식을 하지 않는 자연의 시경과 세상을 바루고자 하는 교정정신 그리고 불자의 지혜와 하심이 빚은 그의 시품을 나는 진솔교정으로 읽는다.

등단작에서 보듯이 그는 백수의 시루를 통과하고 나서 거친 듯하지만 송두리째 자신을 드러낼 수 있는 알몸의 경계를 내보이기 위해 허기와 고독을 예지 삼아 부단히 정진한다. 때로 "묵상하는 장독"과 같은 참신 하다는 수사만으로는 너무나 부족한, 그 빛나는 상상력이라든가 만개한 벚꽃을 "특수절도죄"로 "포토라인"에 세운다거나 "내사 먼저 절정"에 이르는 기발한 남심男心을 보여주는가 하면 사설시조에서 비판적 허튼소리도 내보이고 혼합연형시조에서는 말뚝이의 거침없는 요설도 내보인다. 이 거침없는 호흡은 의미 있는 허튼소리이니 "못갖춘마디"로 대변되는 삼포세대이거나 대물림되는 을들을 위한 해원굿이다. 김석인은 능란하거나 매끄럽지는 않아도 정통 시조의 맥을 이어온 백수 문하의 후예답게 단아하고 정제된 단시조 명품들로 우리 마음을 오래 붙든다. 그러나 김석인의 놀라운 도약은 연시조에 있다. 「주상절리」이거나 「천명, 다산의 하늘」이거나 「지리산 화엄경」이거나 그 형상은 다만 외형묘사에 머물지 않고 "득음한 범종"처럼 진솔교정의 올곧은 그의 시품과 정신을 표상한다. 득음한 범종처럼 "둥글어지는 소리"처럼 그가 감득한 천명은 무엇인가. 이 첫 시조집 말미에는 김천시 승격 70주년에 부치는 축시 「살어리 살어리랏다」가 있다. 묵상하는 장독처럼 득음한 범종처럼 진솔교정의 시품을 지닌 그 앞에 김천의 상징이라는 훈장勳章이자 등짐이 있다.

금강의 안목이고자 고개 아프도록 올려다보았으되, 개구즉착 아닌가. 이렇다 저렇다 하였으나 과연 그러한지. 누군가 자세히 읽고 공감하기를 축원한다. 일찍 출발했으나 종종거리며 가는 이도 있고 늦게 출발했으나 성큼성큼 장한 물결을 이루며 가는 이도 있다. 진솔교정의

시품을 지닌 김석인. 진솔교정이되 중심에서 멀다고 굼
뜨지 말게. 금강의 안목을 갖추어가게. 김천이 우주의
중심이니.